この作品を読まれた御感想・御意見・ファンレターを
下記の住所までお送り下さい。
〒171-0033　東京都豊島区高田 3 - 29 - 3 - 6 F
㈱コアマガジン　drap編集部「嶋田尚未先生」係
皆様からのお便り、心よりお待ちしております。

DESERT MOON

[初出]
デザート・ムーン
第1話～最終話…
…drap '02.12月号～03.4月号
ムコ殿・座間陽介の苦悩と受難
…drap '03.5月号
(Magazine by コアマガジン)
フリートーク…描き下ろし

ドラコミックスNo.046 [デザート・ムーン]
HISAMI SHIMADA

2003年10月17日初版第 1 刷発行

著　者　嶋田《しまだ》尚未《ひさみ》
(©HISAMI SHIMADA 2003)
(©CORE MAGAZINE 2003)
装　丁　菅野由紀子（plus i）
発行人　中沢慎一
編集人　安宅美佳
DTP・製版　株式会社公栄社
印　刷　三共グラフィック株式会社
発行所　株式会社コアマガジン
〒171-8553　東京都豊島区高田 3-7-11
営業部　03-5950-5100

応募受付期間

第一次〆切 15年10月3日～16年1月10日到着分

第二次〆切 要問い合わせ（※メールでのお問い合わせはご遠慮下さい。）

問い合わせ先 ドラ編集部 03(5950)4922

※①②③のカードはコピー可!!

❶申し込みカード（申し込み用封筒に貼る）

❷宛名カード（自分の住所／氏名を記入する）

第一次〆切

H16年3月中旬
発送開始予定

［注意事項］
* 第一次〆切分のdrap TIMESがH16年4月10日になりましても届かない場合は、編集部にお問い合わせ下さい。
* 第二次〆切分に関しましては、在庫が在る限り受け付け致しますが、必ず事前に編集部までお問い合わせ下さい。

80円切手を貼ってね♥

171-0033

東京都豊島区高田3-29-3 6F
(株)コアマガジン ドラ編集部
「デザート・ムーン drap TIMES」係

drap
drap TIMES
デザート・ムーン

キリトリ線（コピー可）

80円切手を貼ってね♥

□□□-□□□□

住所

氏名

（フリガナ　　）

様

drap
drap TIMES
デザート・ムーン

drap comics presents hisami's drap TIMES

応募者全員プレゼント

■フリートークペーパー■

drap TIMES コミックス版

応募方法

A.「①申し込みカード」、「②宛名カード」、「③編集部控えカード」、コミックス『デザート・ムーン』の帯に付いている「drap TIMES応募券」を全て切り取ります。

＊応募券のみ、コピー不可。
申し込みカード・宛名カード・編集部控えカードはコピー可。

B. 長4封筒を1通、**80円**切手を2枚用意します。

C. 用意した封筒に**80円**切手を貼った「①申し込みカード」を貼ります。封筒の裏に、必ず自分の住所・氏名を明記しましょう。

D.「②宛名カード」に**80円**切手を貼り、自分の住所・氏名を明記します。

＊返信用封筒は不要ですので、「②宛名カード」は封筒に貼らず、そのままお入れ下さい。

E. 切り取った帯に付いている「drap TIMES応募券」を「③編集部控えカード」に貼ります。

F. **C**で用意した封筒に、「②宛名カード」と「③編集部控えカード」を入れてご送付下さい。

＊ご自分の住所・氏名を明記する際には、必ずエンピツでは無く、耐水性の黒か青のペンを使用して下さい。また、不備があると、こちらから発送出来ません。ご了承下さい。

キリトリ線（コピー可）

キリトリ線（コピー可）

住所〒

氏名

年齢　　　**職業**

弊社からDM（ダイレクトメール）などを発送する場合、可能な方は丸印を付けて下さい。□

TEL

③編集部控えカード
（ご記入下さい）

＊応募券コピー不可

drap TIMES
デザート・ムーン
応募券
を貼ってね！

愛情しか持ってないけど、拾ってくれる？

［アイがなくちゃね♥］

drap COMICS No.030
B6判／定価：680円

嶋田尚未

絶賛発売中

愛犬・そーいちろーと暮らす譲は商店街の人気者♥
ある日、そーいちろーが事故に遭ったと聞いた譲は、撥ねた相手・宗一朗を思わず詰ってしまう。けれど、どこか謎めいた彼に、いつしか身も心も翻弄されて…。

この恋、絶対無敵

深夜未明
都内に大規模な
火災発生
ゴオォォォ
必死の消防活動も
空しく、被害はさらに
拡がる気配をみせていた
危ないっスよ
座間さん
これ以上
近づいたら……
バッカ
そんなんで
スクープが
撮れるか!!
!?
あれは
もしや…!?
その時、上空より
飛来する人影——

おお…!!
来てくれた!! 来てくれたぞ——!!
助かった——!!
現代のスーパーヒーロー…!!
…なんと うわさ通り 美しい……
まさに 救いの天使だ……!!

デザート・ムーン［第1話］

昨夜の○○区大火災においてまたも現れた超ヒーロー
銀の髪をなびかせ神々しいまでに美しい――ついた名前がスーパー天使《エンジェル》
正体不明のスーパーエンジェル人々を救う！
ガサ
一体、何者なのでしょう
うーん
空も飛びますからねぇ
いわゆる超能力者、とでもいうのでしょうか
おーおーデカデカと載ってんじゃん
ゆうべのオレの大活躍♡

砂月!!
何すんだよ母ちゃん!!
……痛ェなあ
載ってる♥じゃないでしょ!!
このバカ息子!!
もぉー
こんなに大きく写真撮られちゃって
どーするのよこのドジっ子!!
ぐりぐり
あだだ
自覚が足りないわよ!! いい？ 砂月！
私達一族の正体は
一般人には絶対ヒミツのトップシークレットなんですからね!!

はいはい
わかってる
って
ホントに
——?
だいたい
アンタは
いつも……
美月〜〜
すまんが
ワシの
ネクタイ…
ごめーん
すぐ出すわ
あなた♥
…けっ
いー年して
あの夫婦は…
いちゃ
いちゃ
……
はっ
やべっ 八時半!?
遅刻する——
行って
きまーすッ
たたっ
ちえっ
変身してりゃー
ガッコまでなんて
ほんの一瞬なのにな——

オレは
間宮 砂月
普段は ごく普通の
高校2年生
だけど 変身すると
絶世の美少年ヒーロー
西に大火事
あれば
行って助け
ごおー
よし!
東に大事件
あれば
行って解決
世間でうわさの
「スーパー天使《エンジェル》」とは
オレのコトさ
要するに オレは
正義の何でも便利屋さん
——ってわけ
能力は常人の
三十倍(推定)
空も飛べちゃう
母ちゃんは
年の功で
他にも
いろいろ
できた
らしいけど

あ、母ちゃんは
オレの前代の
ヒーローを
務めてたんだ
その前は
ばーちゃんで
その前は
ひいばーちゃんで…
ウチの一族は
代々 この変身能力を
受け継いでいるんだ
オレは
15の年に
母ちゃんの
後を継いで
ガシャン
それから
世のため
人のため
この力を
使ってる…
遅刻だ
はい
生徒手帳
だして
正義の味方
なのにー!!
ガーン
普段は
単なる
高校生

あーあ
ツイてない
一日だ☆
ただいまぁ
ああ
お帰り
砂月くん
榊さん!
来てたの――
昨夜は
ごくろう様
アンタが
「ださい」って文句
言ってたから
新しい
通信レシーバー
持ってきてくれたの
ゴツン
てっ
内調の
榊さんは
クス

オレ達一族のヒミツを知る数少ない
政府のエラい人だ
内調？
内閣調査室
CIAみたいなものよ
15才。おしごと初め。
だって ホラ いくらスーパーマンみたいだって言っても
日本全国 どこで何が起こってるかなんてわかるわけじゃないからさ
だから政府の窓口役の榊さんから
直接出動指令が来るんだ
わぁ 新型かっけ——
榊さん
あんまり砂月を甘やかさないでちょうだいね？
ためにならないから

別に大した事では ありませんよ 美月さん
我々政府が あなた方一族を 庇護する代わりに その能力を 貸してもらう ——昔からの 友好関係ですからね
そおそお
お黙り
アンタは まだまだ 変身過程に手間取る 新人なんだから
あ…
……だ、だって …アレはさぁ…
いずれ上手く なりますよ …砂月くんも
私も 協力して あげるから
——ね?
…って 言われても なぁ……
オレ達一族が 変身するための プロセス——……

それこそが人に言えないヒミツの理由でもあり……
あー やっぱりきれいだ
スーパー天使《エンジェル》♥
こないだの新聞写真すっげ良く写ってたなー
オレ切り抜いてる!
バカか お前ら
そんな正体不明の奴にかまけんの
(頼むから)
やめろって
何だよ砂月はキョーミねぇの?
ないない
(あたり前だ)
ガタン

ボロ出すわけにはいかねーからな
さて、と…
あや?人だかり?
ああ!野球部だドラフト入りの奴いるとかで……
なんか新聞社が取材に来るとか言ってたな——
ズザザー
お!見に行こーぜ
オレ帰る!!じゃーなっ
砂月?
おーい
たったっ
冗談じゃないマスコミと名の付くものに関わったらまーた母ちゃんにめっちゃ怒られ…
ガッ
痛ッ
わ!?
おっと

……あ……
大丈夫か
おい
あ、すっ
すいませ……
ぱ
バーン!!
ババーン!!

ざざーっ
おっ…おじさん
カメラマン!?
ああ そーだよ
おじさんはねーだろ。
野球部の取材に同行して来たんだ
学校紹介記事に校舎撮ってて……
あ ああ…そうっスか
いや ぶつかっちゃってスンマソン
動揺→
じゃ あっしはこれで…
しゅた
はっ
あれって…

こないだのっ
火事現場
写真――
!!
ばっ
うわっ
オレ映ってるよ
こっ…
これ
おじさんが
撮ったの!?
おじさん
ゆーな☆
なんだ
キョーミあんのか
スーパー天使《エンジェル》
ないない
条件反射→
ふーん
…の割にゃ
握りしめてんじゃん
いいアングルだろ
俺のスクープ写真
だぜ ソレ
にっ
コイツか！
コイツなのか
撮ったのは
――
!!
おかげで
オレがどんだけ
怒られたか……

あんたのせいで〜〜〜
よくもこんな大っきく…
よっ
苦労したんだぜ〜 なにしろ近づくだけで
すげー危険だし
だったら撮り行くなぁ——!!
ま、でもプロだからな
ネタは大きい方が燃えるってもんだ
いずれそのうち
正体を探り出してやるさ
そんなこと絶対させるもんか!!

…なんだって?
ムリムリ!! やめといた方がいい!!
つーか やめろ!!
正体探るなんて ムダな骨折り!!
ぬかに釘!! 豆腐にかすがい!!
猫に真珠!! 豚に小判!!
↑だんだんわけがわからなくなっている
……
初対面で そんなケチつけられる筋合いねーぞ
このガキ
オレは忠告してやってんだぞ!!
むっ
プルルル
榊さんからの呼び出し音!
はい!
砂月くん 出動要請だ

大至急なんだ ○○県 ××市
大丈夫かい すぐ変身できる？
……
うん
ピ
幸い―― あたりに人影はなし
おーい ガキ
おわったか
好き放題言ってくれたなぁ
え？ ムリって決めつける その根拠はどこにあんだよ
大至急か…… しょうがないよな
他のオトコ捜すより早い
ちょっと来てよ
あ、おい
いーこと教えたるからさ
ガサ

おい
なんだよ？
こんなとこで……
アンタの知りたがってた秘密
教えてやろーと思ってさぁ
え？
秘密？
？
スッ
フェロモンモード
発動！

どんな男も
その気にしてしまう
——催淫モード
クラ…
これが重大な秘密
変身のための
プロセス
オレらは——
男性の体液を吸収
することによって
変身する
ジー…
っ…

出動要請が入ったら
手近な男を人気のない
場所に
ひっぱりこんで
頂くわけ
——ん……
吸収する方法は
問わないから
ぴちゃ
別に本番の
必要はない
だいたいは
こうやって
……ッ
口から、が
主なやり方だ
くっ
え？
バレないかって？
大丈夫！
ちゅ
フェロモン
モードに
かかってる
男は
ん
Hな
気分に
なってる
ところに

イカせるための
テクニックは
代々受け継がれた
秘技・舌技♥
ハァ
——あっ
は…っ
ハァ
気持ちよく
昇天した後は
意識が飛んで
やられたコト
忘れちゃうから!!
う…っ
よし
もう
ちょっと
ぎゅ
ぐい
!?
グッ
えっ

んっ…
は、
……ふ
うっ
ヤバイ!!
このまま
イカれちゃったら
——!!
ぱっ
——くっ
ズル…
ドサ
……ああ
びっくりした
……
…まあ
これでも
なんとか
なるけど…

こく…ん
ポゥ…
バサ

カチ
ミュー!!
準備完了
わかった
お待たせ
榊さん
くわしい場所は
……
…いくら
フェロモン
モードに
かかってたからって
いっても…
あんなの
初めて……

!?
あれ!?
迷彩光学処理を施された防護スーツは
周りの色に溶けこむ
……!!
ス、ス、ス
スーパー天使!
はぁ?
どこに?
ホラ もう見えないだろ
オレらの正体を探ろうだなんて
やめとけよ
——特に…
特にオレは一族の中でも
……異端なんだからさ

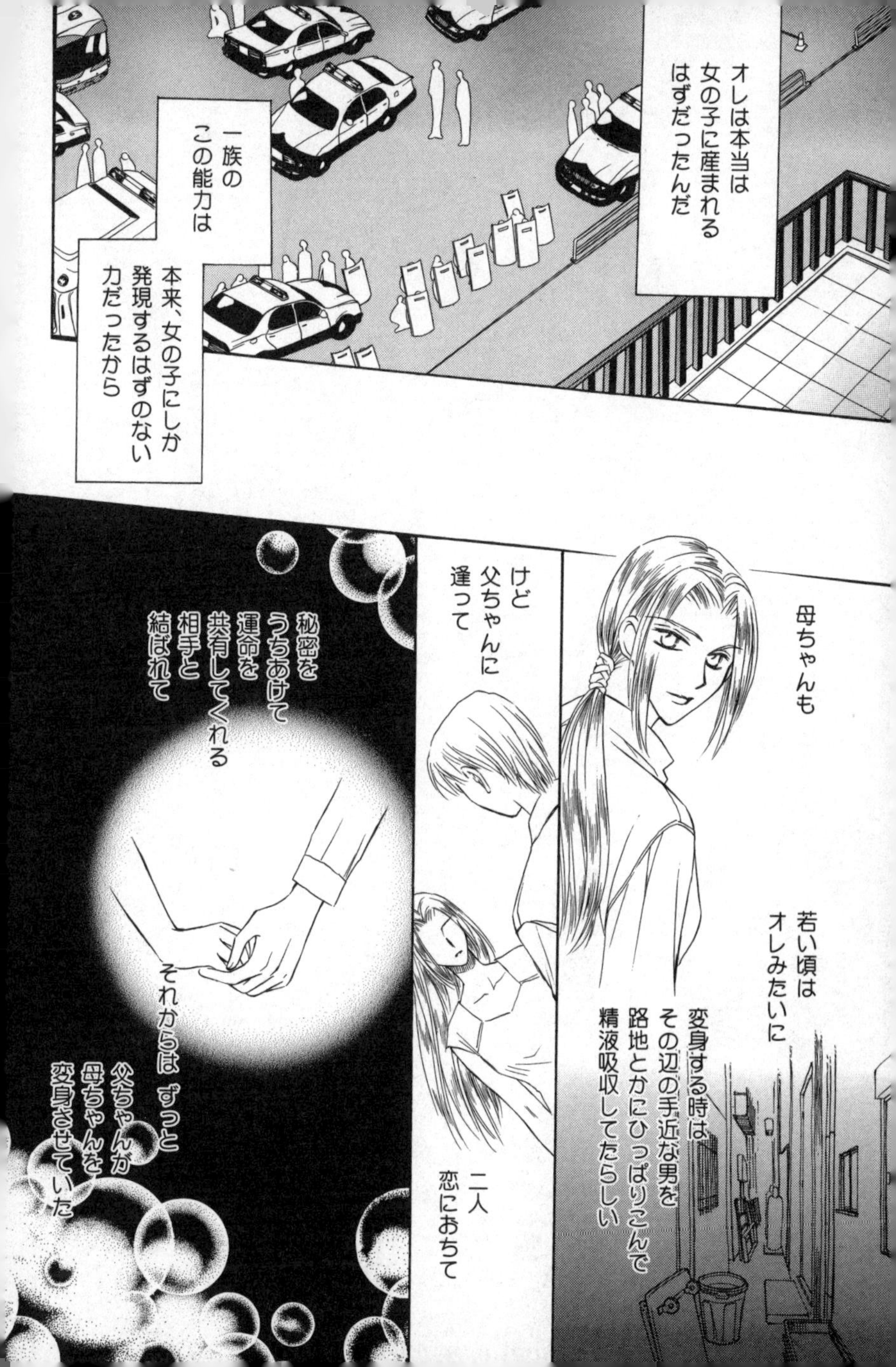
オレは本当は女の子に産まれるはずだったんだ
一族のこの能力は
本来、女の子にしか発現するはずのない力だったから
母ちゃんも
若い頃はオレみたいに
変身する時はその辺の手近な男を路地とかにひっぱりこんで精液吸収してたらしい
けど父ちゃんに逢って
二人恋におちて
秘密をうちあけて運命を共有してくれる相手と結ばれて
それからは ずっと父ちゃんが母ちゃんを変身させていた

そうして
産まれるはずの女の子も同じように能力が発現したら
運命の相手を見つけて また同じように女の子を産んで…
そうやって一族は受け継がれてきた
なのに
どうして男の子なんかが産まれたのかしら
能力が発現するの？男の子で
お母さん おばーちゃん でも 砂月だって…
小さい頃から感じてた
オレだけが違うんだ…
大丈夫よ いずれ砂月にも きっと
運命の相手が現れるから

母ちゃんはああ言ってくれたけど
うん もう帰るよ 制服とカバン拾って
そろそろ元に戻る頃だしね
でも
え？ いいよ 榊さん 事後処理あるんでしょ
大丈夫 一人でも
ガッコだし 歩いて帰れるよ
うん 気をつける じゃね
そう 一人でも大丈夫――
だって わかったんだ
この能力が発現したときに――
自分は一人で生きてかなきゃならないんだ、って

こんな体質(?)になっちゃって——
普通につき合うなんてのもできそうにないし
かといって一生を共有する運命の相手、なんてのも
——男のオレに 現れるはずもないじゃん…
そりゃたまにはブルー入るけど
「ホントにいいのね？砂月」
「うん」
オレ 正義の味方やるよ
覚悟きめて後 継いだんだから
よいしょ
弱音なんか…
あ 戻る
シュウウ…
ガサ

「大丈夫 砂月にも
いずれきっと」

「運命の相手が現れるから」
君……

たんっ
ばひゅっ
うわあああ!!
あ!!
待ってくれ 君!!
なんで まだ 居るんだ コイツ——!!
とっくにいねえと 思ったのにー!!
じた ばた
な… なんとか…
んしょ
ああ 驚いた……

元に
戻るとこは
見られてない…よな?
ぴら
ギリギリ
逃げた
ハズだし
大丈夫だよな
きっと……
シュル
しかし
よりによって
精液吸収に
使った相手に
目撃されるとわ
何たる不覚!!
んしょ
絶対
母ちゃんには
言えねぇ…
まあ、
フェロモンモード
使ってたし
あの時の
記憶は
残ってない
はず……

まだ……
感触が残ってる気が……
ちょ、ちょっと待て!!
アレって…
オレのファーストキスじゃないかー!!
ドキドキドキ
あいつとかよ〜〜!?
間宮 砂月
正義のスーパーヒーロー
げっ
しまった…降りられねえ…!!
しかし普段は単なる高校生であった
To be Continued

じゃーな
間宮
バーイ
ああ まったく☆
きのうは
大変な一日だった
やっぱ
母ちゃんには
どつかれたし
PUNCH!
このバカ息子ッ
きゅう〜〜
変身姿を
目撃されたなんて
バレたら…
ビンタじゃ
済まねーよな
それも
これも
みーんな
あの男の
せいだ☆
おい!
がし

見つけた　お前だ
デザート・ムーン［第2話］

よ
今帰り?
あっ…
あっ……あんた…
きのうの…
スッ
ひえっ
覚えてるんだな
そ、きのう会ったカメラマンだけど
あ……ど、どーも…
ななな なんでまたこいつが〜〜っ
たら
え、えと 何の用……
ももも もしかして
たら

ああ
ちょ———っと聞きたいコトがあって
昨日、お前と話してたまでは覚えてるんだが
その後の記憶がなくてさ
気がついたらもう夜で
なんで 俺 しげみに転がってたんだ?
やっぱ それか…
それはオレがあんたの精液をいただいたせいです。
なんて言えるかそんなコト——!!
え、えーと
それは その
あの
そう!いきなり上から——
植木鉢が落ちてきたんだ!!
ひゅ——

……植木鉢〜〜〜〜？
そんなマンガみてーな
あそこのクラブハウスの屋上は園芸部が鉢置いてたの!!
それが落ちてあんたの頭を直撃——ってわけ!!
……ホントかよ
うそだよ！
うん!!
じゃ！オレはこれで！
おーい 話はまだ終わってねーぞ
冗談☆オレは話なんかないもん
そそくさ
待てよ
2年C組 間宮 砂月

なっ…
なんで
オレの名前!?
きのう
ぶつかった時に
落としてってたんだろ
コレ
あ…っ
オレの生徒手帳!!
砂月……
砂の月、か
綺麗な名だな
ドキン
え……

顔に似合わず
ゴッ
どっどーせ!!ふだんはチンクシャだよ!!
ちくしょお
返せっ
おっと
返してやる代わりにちょっと協力して欲しいんだがな
東都新聞社
座間　陽介
座間…陽介さん、か
協力?
ああ

実は ゆうべ
目撃したんだよ あの・スーパー天使をな
すぐに 逃げられた けど
でも そん時 桐ケ丘高の制服 抱えてたんだ
ってことは 桐ケ丘の生徒かも しれないだろ？
そ、そんな 制服だけで そこの生徒とは 限らない じゃん!!
けど 何らかの 関係があるのは 確かだろ
こいつ… するどいな
お前も桐ケ丘だろ ちょーっと探って 欲しいとゆーか
なんで オレがっ
他に知り合い いないから
オレだって 別に 知り合いって わけじゃ ないやい

そりゃ
キスまでされた
関係だけどさっ
ああ
でも
それは
あの人……
座間さん、は
覚えてないこと
なんだよな…
よし
掃除おわり!

んじゃ
お先!
何そんな
急いで
帰んの
砂月〜〜
彼女だ
彼女
用
あんの!
違げーよ
バカ!
んなわけ
ねーだろ
屋
牛
こんな
ゴツい彼女が
いるかってのの
俺は牛丼の
気分だ
オレ
ハンバーガーが
いいな
ジャンケン
ポン
勝った♡
ハンバーガー
あれから
二週間
オレ達は
すっかり
お知り合いだ

ホントはあんまりマスコミの人と親しくなっちゃまずいんだろーけど
この場合はしかたないと思うんだよ
とりあえず全校生徒名簿入手したけど
だってそうだろ？単独で調査とかされて知らないとこで行動されるより
顔写真まではないからな
協力するふりしてそばで見張ってた方が安心じゃん
まぐ
クラスごとにチェックしてって…
おごってもらえるし
んー エビバーガーも捨てがたかったなぁ……
………
砂月お前ねー
ちゃんとまじめに調べてくれてんのか？

んなわけねーじゃん
ねー エビバーガー
あー わかった 追加していい
わーい♡
んも―― 誰が子ザルだッ
その代わり
ぎゅう
しっかり調べてもらうぞ? この子ザルめ
あだだ
…でもさぁ 座間さん
正体がわかんないってコトは
知られちゃまずいから隠してるわけじゃん?
そーいう、人が秘密にしてることを探り出そうってゆーのは
よくないと思うわけよ オレとしては
まぁ…
そーいう考え方もあるけどな

そおだよー
探るんなら 社会にはもっと 重大かつ深刻な ネタがあんじゃん
せーじかのひしょとかさぁ
時事ネタを お前に頼んで どーすんだ
そーゆーのは 本職の記者が やるからいい
俺は別に 新聞社の 人間じゃ
ないからな
え? だって…
元々はフリーだよ たまに契約で仕事 してるだけで
本業は 風景 撮ってる
そう なの!?
だったらそれこそ 本来の写真 撮ってりゃ いーじゃん!!
なんだって スーパー天使の 正体なんか 追いたがんのさ!!

…好き、だからかな
え
以前にさ 事故に巻き込まれて 死にかけたことが あって
その時 スーパー天使に 助けられたんだ
炎が迫ってきて 「もうダメだ」 そう思った時 俺の前に舞い降りて来て
あんなに 美しい存在は 見たことなかったよ
自分の状況も忘れて すっかり魅せられた

「大丈夫 絶対 助けてあげるから」
運ばれて遠くなる意識の中で覚えてるのは
銀の髪と紅い唇だけだったけど
まさしく救いの天使だと思ったよ
あー…
そ、そうなんだ……
だから追っかけたくて
報道の仕事も兼ねてるわけ
ふっ
…初恋って奴だったんだろーな
はつ、初恋!!
かあぁ
座間さんが!? オレに!?

ででで でもオレ
そんな、いちいち
救助した相手
おっ 覚えてないし…
ドキ
ドキ
衝撃的な体験だったからな
いまだに忘れられないんだよ
だからっ
告白《コク》られたって
オレ 応えらんないしっ
ビリ
ビリ
ビリ
何!? 爆発音!!
!!

ガス爆発か!?
ガタン
ちょっと見てくる
砂月は危ないから帰れ！ いいな
座間さん
そんなわけにいくかって——の!!
ダダッ
ゴオオ
ワアア
キャアア

あ
榊さん？
わぁ
今ね デパートか なんかの爆発現場に 居合わせて
わぁぁ
うん だいぶ パニック起きてる
キャアア
落ち着いて 避難して ください
押さないで
大丈夫か ばーさん
孫が
まだ 孫が中に
わかった 急行する
オレも 誰かつかまえて 変身するよ
けど すごい 人ゴミの中 だから…
ああ 後の対処は 私がしておこう
うん お願い…
あ、君！
危ないぞ!! 待っ…
──!? 座間さん!? 何のマネ!?

ダッ
あのバカ――!!
ちょっと君!!
一般人が飛びこむなんてんな危険なコトすんなぁ――――!!
砂月君!? どうした砂月君!!
どこだ?
どこ行った!?
よしよしばーちゃん待ってるからな
居た――!!

座間さん!!
何してんだ手間かけさすなよぉ!!
砂月…!?
なんで居るんだ!?帰れって言ったろ!?
このバカ!!なんだってこんな場所に
座間さんこそ!!早く避難してよ!!
救助ならオレがやるから!!
グラッ
危ない!!
ドオッ

パラ
パラ
つっ…
大丈夫かよ
ケガねーか?
オレ今
かばわれたの!?
座間さ…
まったく…
この子ザルは…
早く逃げろよ…

座間さ……
ズル…
——!?
えっ!?
座間さん!!
ちょっと…!!
どしたの!?
しっかり…
はっ
血!!
バカ!!
オレなんか
かばう必要
…ないのにっ
こんな
……バカぁ
ぎゅう

ドオーー
わ…
……誘爆!?
パラ
パラ
ヤバイぞ これ
あれじゃ 外にも 出られない
このままじゃ マジ危険だ
煙も迫ってるし
いずれ火の手が まわってくる
なんとか しないと

同じ相手から
2度も
吸収するなんて
まずいかもしれないけど
そんなこと
言ってられない
カチャ
カチャ
ゴソ…
意識が
なくても
カウパー腺液なら
なんとかいけるよな
変身時間が
短くても
脱出の間だけ
保てばいいんだから
大丈夫
絶対 助けて
あげるから
あんたの
エキス
…もらうね

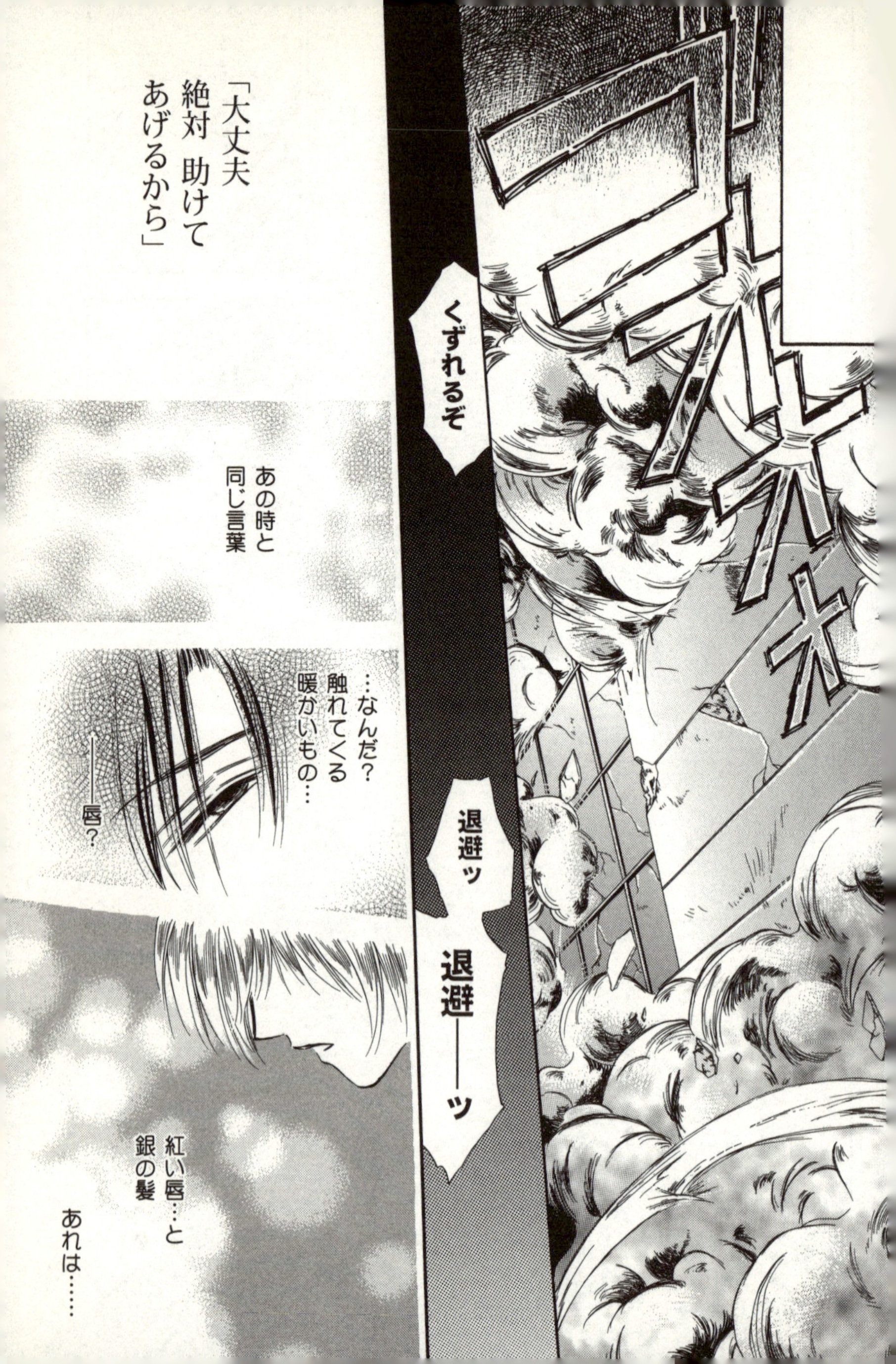
くずれるぞ
退避ッ
退避――ッ
「大丈夫
絶対 助けて
あげるから」
あの時と
同じ言葉
…なんだ?
触れてくる
暖かいもの…
――唇?
紅い唇…と
銀の髪
あれは……

ぺろ
すぅ…
…よし、と
こんだけ治しときゃ
あとは救急車に
任せてもOKだろ
たく
もーーッ
この
バカバカバカバカ!!
なんで一般人のあんたが
オレを助けたりすんだよ
逆じゃないか
…ーー
…でも
よかったぁ
ぎゅ

君・・・
うそ!!
いつの間に気がついて…っ
ぱっ
ひぇ
がし
待って
また…助けられたのか?
俺は
シュウ!!
ぎゃ――ッ!?

ヤバイ!!
戻る——!!
わ——ッ
放・・・ッ

ま…ま、間に合わなかった…
あっ あの これはその…
バレたぁ
どうしよう バレた バレた

お前が…?
どうしよう!!
……えっとえっと口封じ!口封じだ!!
お前みたいなチンクシャで生意気で色気より食い気の
子ザルがスーパー天使…?
口封じ……
こいつ……記憶ソーシツになるくらいボコってやろうか
悪かったなぁ……
そーだ!!
……フェロモンモードかけてもっかい意識とばせば
寝れー
ああ……だからなのか

え？
だから ずっと あんなこと 言ってたんだな お前は
調べるのは よせ、とか 正体探るのは ムリだとか いろいろ…
――…
いいよ 黙っててやる
え
ヒミツ なんだろ？
……
どうした？ 記事にしても いいのか？
ぷるぷる
うっ ううん!! 黙ってて!!

わかった
ホント!? 座間さん ホントに!?
ねぇ!!
ああ その代わり
砂月
俺と
つき合って くれるか?
――は!?
間宮 砂月 正義の スーパーヒーロー
固。
なんか面白いぞ
しかし 今は 思考停止中の 普通の高校生 であった
To be Continued

デザート・ムーン［第3話］

——の立てこもり事件は
スーパー天使《エンジェル》に
よって
無事 解決
いたしました
人質2名は
ケガもなく——
スーパー天使の
出現は 今月に入って
すでに7回を
数えており…
ガタ
座間さーん
居ないの
——?
ぱたん
砂月?
あ、いたいた
よかったー
ちょっと
着がえ
さしてねー♡

お前なァ何も窓から入んなくても…合カギ渡してあんだろ
よいしょ
えーこっちの方がてっとり早いんだもん
まァ、そっちの砂月なら
落ちる心配はないんだろーが…
じー
なに?
いや…
やっぱ すげーきれいだなーと思ってさ

俺、昔っからヒーローとか正義の味方に憧れてたクチだからさ
あの スーパー天使《エンジェル》がこーやって目の前に居るなんて 今でも信じらんねーくらいだ
あんた意外にミーハーなんだー
クス・
座間さんと
ただのお知り合いからおつき合いの関係になって もう二週間
変身を知られてしまったのは確かにヤバイし
こんなこと母ちゃんにバレたら それこそ殺されかねないんだけど……
けど しょーがないじゃん?
あの状況で「うん」とうなずく以外他にどんな選択肢があったっていうんだよ
あ、戻る…
シュン…
ぼわーっ
…それにさ

あれれ もう 戻っちゃったのか～
どーせっ
おつき合いって いっても 座間さんの目あては こっちのオレじゃないわけで
悪い!? こっちが本体だい!!
がう
もったいねーな——
シュッ
カキ
……お前 ホント 無防備に着替えすんのな…
へ?
なんかまずい?
いや 別に…
茶ァ入れてくらぁ
そーすっと なんか おトモダチ感覚…
しかしなぁ

けど
ん？
こーやって見ると
いつもの子ザル
なんだけどなー
……
砂月は本当に
見た目通りの
高校生なのか？
そうだよー
何？
いや……
ニヤリ
なに、
座間さん もしかして
変身した時のオレが
女の人だと
思ってた——？
初恋って
…まぁ
そんくらい
綺麗だったし…
やーい
バーカ
バーカ
なんだと
このガキ——

生意気なッ
そっちが誤解したんじゃーん
…ってあたた☆
バターン
うわアップ……
ワン ツー
スリー
カンカンカン
勝ったー
ロープロープ!!
たくー
大人気《おとなげ》ないなあんた
プロレスごっこなんて
そーだよ だから
シーフードピザ取ってやろーと思ったけど砂月にはやらない
!!
たり
うそうそー
悪かったってばねぇ――
ごめんなさい～
こんな風に

普通の人と
普通に話せるのは
初めてで
今はそれが
すごく楽しくて
——だから
ついつい
座間さんちに
来ちゃうん
だろーな…
最近
帰り遅いわね
砂月

寄り道してくるのはかまわないけどちゃんと榊君に定時連絡入れるのよ?
あー う、うん…
はーい
まぁお年頃だものねー彼女でもできた?
ガーン
彼女じゃないよ――‼
そう
彼女じゃない……
ふっ
それにさー
このオレにそんな相手
できるわけないじゃん
……砂月…

えっ
デート？
松竹荘
今度の土曜
学校休み
なんだろ
マリンパークの
チケット2枚
もらったんだ
また来てる→
砂月、こーゆーの
好きかと思ってさ
……
好き
だけど
でも オレで
いいの？
？
どういう
意味だ？
だって…
水族館なんて
…こっちの
オレとだよ？

いいの？
あんたは
あっちのオレが
好きなんじゃ
ないの？
なんだよ
それ
子ザルのお前とは
デートしちゃ
いけないってわけ？
え
それとも
行きたくない？
いっ
ふるふる
行きたい！
にこっ
よし
じゃ 決まりな
ポー
座間さん…

わー♡
こんな風に休日過ごすのって
何年振りだろ
何があるかわからないから
誰かと自由に遊びに行くなんて
今までできなかったもんな
小っさい頃 一度だけ遊園地につれてってもらったけど
クスクス
あの時、母ちゃんに緊急出動が入っちゃって
ここで待ってるのよ
すぐ戻ってくるからな
うん
大変だったっけなぁ
そして しげみに消える両親

はー
面白かったぁ——♡
満足?
うんっ
このあと
ごはんが付けば♡
はいはい
砂月は色気より食い気なのな
だって オレ
成長期だもーん
まぁ 俺も
ハラへった
SUBWAY
MARINE PARK
…あの
キュ
へぇ…
珍しく素直だな
その…
今日はアリガトね…
わっ
悪いのかよ

いや
かわいいな、と
思って
え…
かああ
なっ
なに
いってんだよ
バーーカ
くす
お、いつもに
戻った
ま、いいか
何食ってく？
あ
えーと
ハンバーガーか
牛丼か…
また
それか？
別に普通の
店に入ったって
いいんだぜ？
でも
ごはんの途中で
出動する事態に
なったら
もったいないから…
ファーストフードの
方が都合いいんだもん
そんな
もんなのか？
そーいや 砂月が
変身するとこって
見たことないな

えっ
なんかポーズとかあんの？
決めゼリフとか
ないよ!!
特撮じゃあるまいし!!
ちょっと見して
!!
だっ…だめ!!
それだけは絶対！絶対!!
だめ!!!
砂月…
ゼィ
ゼィ
そうまで言われちゃしょーがないな
綺麗になるお前が見たかったけど
…ま、これで我慢しとくか

オレにとっては
座間さんとのセカンドキス
ふっ
今度は
羽根みたいに柔らかくくすぐったくて
あったかかった

今日はホントありがとね
あ、送ってくんなくてもいいよ
イザとなればオレ、座間さんよか強いしね
クス
ま、そのとーり
松竹荘
あ
そーだ
あしたから地方取材に同行だっけ
しばらく居ないって砂月に伝えとかないとな
カタン
202
座間
失礼――
座間 陽介さんですね

なんだ？ この男…
そうですが……
どちら様？
ス.
私はこういう者ですが
榊といいます
弁護士
榊 直也
弁護士？
弁護士さんが俺に何の用です？
間宮 砂月君をご存知ですね

!?
率直にお聞きしますが
貴方は彼とどういったお知り合いですか？
この男砂月を知ってる!?
あいつの正体のこともあるしな…うかつなことは言えないか
あんた——
榊さん、こそ…砂月とどういう関係なんです？
私はあの子の保護者…というか
兄のような者です
ご両親とも懇意ですし…少なくとも
貴方よりは近しい間柄でしょうね
ふいっ

なんだと この…
…俺と砂月の 関係を聞いて
どうしよう ってんです？
挑戦的 じゃねーか‥
貴方が砂月君のことを どこまでお知りなのかと 思いましてね
彼は 貴方のような 市井《しせい》の一般人が 関わっていい存在 ではありません
砂月君と ただの お知り合いならば
深入りせず その域で留まって おくのですね
でなければ 貴方自身の 安全も 保証 しかねますから

忠告は しましたよ
では
な…
なんなんだ あの男――!!
つまり 砂月に 手を出すな、と 遠回しの 脅しじゃないか
あの男は知ってるわけだ 砂月の正体を そして恐らく…… それ以上の秘密も
砂月…
お前は―― あと幾つ 秘密を抱えてるんだ…?

じゃな 砂月
バーイ
ピッポッパ
ここ2・3日 座間さんが 留守してる
プッ
あ、榊さん？
授業 おわった
なんだろ 仕事かな
今日は 居るかな
んで ちょっと 寄り道 してくから 10時には うち帰るよ
クラスの お友達と？
ぎくっ
あ う、うん そう
…おいたが過ぎると 美月さんに 言いつけるよ？
ぎょ!?
な、なに!? 母ちゃんに 何を言うって…
いえ 別に 早くお帰りなさい

榊さん
するどいからなぁ…
まだ バレては
ないと思うけど
松竹荘
なんかもっと
うまい理由
考えなきゃ…
あれ？
開いてる？
カチャ
居るんだー♡
座間さん!?
あー
お帰りー♡
どこ行って
たんだよ——
留守にすんなら
言ってよ
も——
なに、今日
戻ったの？

えへへ
3日ぶり♡
?
どうかした?
——砂月…
榊って誰だ?
な…んで?

なんで!?
なんで座間さんが榊さん知ってんの!?
弁護士だって?
あの男、お前の何なんだ?
弁護士って…榊さんの表の肩書きじゃん!!
何者だ?
え、えっと あの人は……いろいろわけがあって…その――…
あわ
あわ
うそ…
じゃあ会ったの!?
うわぁ どうしよう 本当のコトなんてとても…
俺には言えないのか

くい
あ
ぼすっ
わ!?
座間さ…
――ん
お前が好きだ

確かに 砂月との
つき合いは
変身を口外しないという
交換条件だったが
けど お前だって
俺に好意を持って
くれてるんだろう？
好き勝手に
わがまま言って
悪態ついて
くるくせに
俺に懐いて
甘えてきて
笑ってた
いつのまにか
銀の髪より
紅い唇より
その笑顔の方が 俺は…

座間さん……
そ…そりゃ
オレだって…
砂月
全部
知りたいんだ
お前を
心も
体も
えっ
うわっ
抱えてる秘密も
——全部
パサ
なっ…
見せてくれないか
——お前を

ちゅ
あ…
んっ…
座、間さ…
——えっ
ちょ、待っ…
ど、どこ
さわって…
あっ
うわ…オレ
他人にするのは
慣れてるけど
……さ、
されるのは
初めてで……
んっ
ビクン
こっ、
このまま
いったら……
あっ

はっ
このまま最後までいったらヤバイじゃん!!
うっかり変身しちゃうコトになったら!
いや!!
砂月……
だ、だめ!! やっぱりだめ!!
あっ おい!
オレ もう帰る!
だっ
砂月!!

バカ!!
ここ2階だぞ!?
お前 今 変身してねーのに…っ
はっ
ザザザザザー!!
うわ――ッ
砂月!!
う……
……
大丈夫?

榊さん!?
なんでここに…!?
!!
大事な砂月君を他人に任せる気など
あの男!!
カケラも持ってないよ
——私はね
To be Continued

デザート・ムーン［第4話］

まったく！
あんたって子は
——!!
正体
知られた上に
つき合ってた
だなんて
わーんっ
どうしよう
どうするつもり
だったのよ!?
座間さんのこと
全部バレちゃった
よぉ——っ
…ごめん
なさい

座間 陽介 26才
8月16日生まれ 岡山県出身
家族構成は 両親・兄一人 ○○大学卒
犯罪歴はなし ――現在は
東都新聞の 契約カメラマン
いつの間に こんな調べてたの 榊さん…
すごい…
ふーん イイ男じゃない
オレの知らない ことまで……
私は プロだよ? 砂月君
君の 担当指揮官と して 当然だ

この人で変身したの？
…うん
そのこと彼は知らないのね？
ガタッ
正体だけだよ!!
他は何も話してない
座間さんは内緒にしてくれるって言ったんだもん!!
いい人なんだよ？なんかあったって不用意に口外するようなマネ…
…あの人はしないよ……
――砂月…

あなたが信用してるのはわかったわ
でもね
今後の接触は避けた方がいいんじゃないのかい
彼がこれ以上…君の変身過程や一族と国家の関わりを
知るようなことになれば
機密保持の為にいささか剣呑な処置も取らざるを得なくなるよ？
機密保持
…それってまさか…
無為の一般人がひとり東京湾に沈むってことよ
口封じね

そんな…!!
オレと関わったせいで
座間さんの身が危うくなるなんて——
——……
じゃあ
もう…会わない方がいい…のかな
そうだね…忠告はしてある
彼が利口な男なら気づくと思うよ
君の特殊な事情を考えれば、手を引いた方が無難だとね
ぎゅ…

でも 好きだって 言って くれたんだ
オレのこと 知った上で そう言って くれたんだ
そんなの あの人が初めてだ
もしかして 座間さんなら…
砂月
はっ
秘密を全部 打ち明けていいのは
その人が あなたを 丸ごと受け入れて くれる時だけなの
あなたと 一生を共にする 相手にしか 話しちゃいけない ことなのよ わかってるわね？

――…
…わかってるよ
そんなこと…
昔から
――わかってたさ…
んーっ
今日も平和に終わったなァ
帰り、どっか寄ってく？
どーしたんだよ砂月、最近…
そうそう。前はソッコー帰ってたくせに
振られた
振られたんだー
やーい
ちがーう!!

いーよ もう 一人で帰るッ
あー
図星だ
図星ーー
…たく もぉ
振ったとか 振られたとか そんな問題なら …まだ よかった
砂月
!
砂月!!

やっと捕まえた
――……どうしてたんだよ？お前…
TVで何度も見かけたのにちっとも寄らなかったじゃないか
……オレ
ス…
が
ば
ごめん!! 俺が悪かった!!
……へ!?

その…いきなりあんなことして済まなかったよ
けど…なんつーかあの男が砂月と親しそうなこと言うもんで…
ちょっと嫉妬したごめん
座間さん…
あの時オレが逃げ出したの…気にしててくれたんだ?
……別に
ちょっと…びっくりしただけだから
もうあんな真似はしないからさ
前みたいにつき合ってくんない?

今度は強制じゃなくて…交換条件もなしだ
砂月が好きだからつき合いたい
母ちゃん達にバレた以上前みたいなわけにはいかないんだろうけど…
でも このまま離れちゃうのは
オレだってやだ
あの…
あのね
何も聞かないでいてくれる？
榊さんのことも他のことも何も
これ以上話すわけにいかないんだ
そうしないともう 座間さんと会えないから

だから…
わかったよ
お前がそう言うなら
…ありがと
……
いつか俺のことを全部
信用してくれるようになるまで——待つさ
よしじゃ、これからデート行こうか
えっ
何でも好きなもんおごってやるぞー？

もぉーってへ
座間さんてば オレが何でも 食い物に つられると 思ってんだろー!!
違うのか?
違うよ バカ——
そっか ごめんな
で、何食うの
ケ○タッキー フライド チキン!!
はっ☆
くすくす
やっぱ 子ザルは 食い物で 釣れるじゃねーか
なんだよぉ——
いいじゃん もぉ
座間さんが 全然 変わんないから オレも…
なんだか

榊さんからのスクランブルだ——
…ごめん 用事出来ちゃった
——事件とか？
え、あ……
聞かないよ
…行っておいで
うん… ごめん
俺はいつだってヒーローの味方だぜ？

くす……
?
砂月?
ぼろ
持ってて!
あとで寄るから!
爆弾グループ?
ああ
手口から見て
先日の 駅前ビル
爆破と同じ一味と
思われる
すいま
せーん
ひょこ
友達が 具合
悪くしちゃって
ちょっと手を
貸してもらえ
ますかー?

炎上するビルの近くにコンビナートがあるんだ
ああ いいよ 大丈夫かい
じゃ 急がなきゃ!
ありがとうございます
こっちです
ん? どこ…
フェロモンモード
発動!!
…あ あれェ…? なんか いい キモチ…
もわ〜ん…
ごそ
ごそ
じゃ、ちょっと失礼しまーす
きゅ

ばっ
ピッ
済んだかい
砂月くん
現在位置は？
はっ
ご、ごめん
まだ……
す、すぐ
変身するよ
今まで
男のモノなんて
オレにとっては
ただの道具にしか
すぎなかった
のに——
一体、何を
ためらってんだ
しっかりしろ！
オレ！

──は おおむね終息に向かいました
今後の究明については
警察の鑑識結果を待って……
……
カタン
ガタ
砂月？
お疲れさん
無事 済んだみてーだな
──……

どした？
何か
あったのか？
――……
!!
ギュ…
さっ…
砂月!?
ま、待て
こら
ちょっと！
いきなり
ひっつくなよ
離れろって
……
なんだ
よぉ…
……襲わないと
言った手前が
あんだから
あんま、俺の理性を
試すよーなこと
しないでくれないか

しかも 今 そんな
綺麗な姿で いられちゃ…
…変なの
中身 オレだよ? いっつも 子ザルだの 言ってる くせに
だから余計 ヤバイの!!
ケチ …ギューして くれたって いーじゃん
ギシ
ホラ
…
ふぅ
ストン…
必殺技「餌付け」
…天使の方でも エサを与えれば
気分 晴れる?

……
…バカ
くす
——なんかあった？
…って聞いたらまずい？
ああ やっと笑ったな
…よくわかんないんだ
どうしよう
座間さん…
きゅ…
…いや
俺に聞かれても……
俺、今平静じゃないし
？
なんで
いい年してガキに戻ったみたいでさ
あの頃みたいにすごくドキドキしてる

あの頃…って
言ったろ…
初恋って
救助された時
今のお前の姿に一目惚れしてさ
——考えたらこうやって知り合うまで
ずっと お前に片想いしてたってことだよな
——10年も
10年もオレのこと…?
……ちょっと待って
10年…って なに それ
あ、今逆算したな

そーだよ どーせ
16で初恋なんて
遅ッとか
考えたんだろ
俺、色恋とかに興味なくって
初めてときめいたのが天使だったわけ！
オレじゃない
10年前…なんて
オレ、まだ…
能力も発現してなかった
それって…
——それって
…母ちゃんだ

帰る…オレ
砂月？
帰る…って
いいのかそのままでおい！
ふわ
座間さんの初恋の人って
オレじゃなかった
オレじゃなかったんだ

もしかしたら
あの人が
運命の相手かもって
思ったけど
やっぱり オレには
そんな相手
いなかったってことだ……
…バカみてー

砂月君
そのままでは目立つ
乗りなさい
送るよ
榊さん……
榊さんって なんか いつも オレのそばに いる気がする
気がする、じゃ なくて 実際 居るんだよ いつも
君の 担当官 だからね

うん… あのね 榊さん
オレに 出動要請 もっと出して いいよ?
学生のうちは って控えて くれてるでしょ
オレ もっと 力もコントロール できるように 修行するから
仕事に 生きる男に なるんだ
そのくらいしか オレの意味って ないもん……
オレ もう あの人に会わない
キキッ
――砂月君…

キッ…
…榊さん…？
TRRR
私だ
——何…
爆破予告!?
先刻の事件はデモンストレーションということか
それで？
——ああ
榊さん
オレ出よっか？

いや しかし 君は 今 戻ったばかりだろう
いいよ そんなの
オレ 行くよ！ 誰かいそうな 処で降ろして！
――ええ そうです 美月さん
続けての 出動に なりますから フォローは 大丈夫です
二課に 連絡して
厳戒態勢を とります それで…
…の野郎ッ
わっ

このガキッ
こんなところにひきずりこんで
何のつもりだ
ぐいっ
痛ッ…
色仕掛けの強盗かよ!?
警察につきだしてやる
ちが…
ガッ
ドサッ
大丈夫か砂月君
何があった!?
どうして こんな
榊さん…

…フェロモンモードが切れちゃって
ターゲットが正気に戻っちゃったんだ……
!
砂月君…それは
どうしよう…オレ
で、できなかった……
変身…できなくなっちゃったよ…!!
To be Continued

男性の精液を吸収して変身する一族
なのに それができなくなったら…オレの意味って……
デザート・ムーン［最終話］
どうやら爆破予告はただの脅しだったみたいね
ごくろう様です美月さん
処理班の確認が済んだら戻ってください

ごめん…榊さん
ああ いいよ
美月さんが代わりに出てくれたし 今回は待機で済んだからね
だけど このまま ずっと 砂月君が変身できないとしたら
それはまずいって わかるよね？
…うん
──でも …だめなんだ どうしても できなかった
すごくイヤで… どうして今まで あんなこと 抵抗なくできたのか ──わかんない……

もう…
ギュ…
知らない男の人で変身すんのイヤだったんだ……!!
――じゃあ
誰ならいいの？
…座間さんは好きだけどやっぱりダメだと思う……
あの男？
ギュ
……
あの人は普通人だけどオレは…普通じゃないから
ホラ、同じ一族でもさ
母ちゃんなんかは乱暴でこわくても
でも
ホントは優しい女の人じゃん？
座間さんが一目でひかれたぐらいの……

だから父ちゃんみたいな
一生添いとげる相手がいたけど
オレは男だから…やっぱ無理なんだと思う
───私でも？
え
知らない男相手では
もう イヤなんだろう？私でもダメかい？
そんなっ それこそ榊さんはだめだよぉ!!

どうして
だって アレは変身する目的だけでするんだもん
その為の男は道具にしかすぎないんだ
オレ、榊さん好きだから道具みたいにはできないよ!
私が好き?
うん
この世で オレが変身に使えない男は父ちゃんと榊さんだけだよ
…そう
でも それ以上の「好き」ではないんだ

榊さん…？
いや… いい
わかった
私にできる限りで君を守ってあげるよ
ごめんなさい…… なんか いっぱい 迷惑かけてるね
きゅ
オレ… 女の子 だったら よかった
そしたら ……
ふっ
えへ
ごめん 大丈夫
こんなの 今だけだから！ ちゃんと ふっきる
また 変身 できるよーに なるよ オレ
にこ
砂月君……

そうやって 君は
また 一人で あきらめを抱えて 生きてくつもりなんだね
東都新聞社
MITSUKI
TEK
パソコン アーク
新目本証券
文化部
じゃ、次回の 旅特集は こんなカンジで 頼むよ
座間くん
おーい これ 校正すんだ?
はい
しかし、あんだけ スーパー天使 追っかけてたのに
やめちゃう なんて
もう 報道に 戻る気ないの?
もう 追いかける 必要も
なくなったんです

…とは 言うものの
砂月の奴 まーた
来なくなっちまって…
今度捕まえたら
絶対……
あ
よかった
まだ居た
お客様よ
座間くん
客？
俺に？
!!
会議室
さすがに
ここは静かだね
下の編集部の
喧噪が
嘘のようだ

ごたくはいい 話って何だ？
また 俺に 警告でも しに来たのか
君の真意と 覚悟を 見たくてね
返答に よっては
警告だけでは 済まないと 思うよ
——どういう ことだ？
君の知らない 真実を
教えてやると 言ってるんだ
真実…？
まさか
砂月が来なく なったのは あんたの せいなのか!?
TRR‥
失礼

社会部
何!?
警察無線
傍受したって!?
例の爆弾
グループか!?
現場は…
え!?
二ヶ所同時!?
おい
カメラ早く!
人手集めろ!!
座間がさっきまで
居たろ!?
どこ行った——!!
ええ
各部署に厳戒体制を
とらせてありましたから
すぐ急行できます
私も
追ってすぐ
はい
向かいます
砂月君が
変身できない
ままだったら
予定通り
美月さんが代わりに
出てください

砂月が変身できない!?
おい!! どういうことだ!?
あいつに何があった!?
代わりって一体……
君は砂月君の正体を知っている
だが あの一族の本当の秘密は
そこじゃないんだ
一族…!?
変身するためのプロセス——
それこそが隠さなければならない理由
知られれば…眉をひそめて汚い者を見るように
後ろ指をさす輩もいるだろう…それこそ迫害につながりかねない

だから 私たち 国家が庇護している
スッ
国家…って あんた
もしかして… 弁護士ってのは
!!
私はプロの エージェントだよ
君一人 始末する など たやすい ことだ
君は…… 砂月君の真実を 知っても 平気で いられるだろうか
——あんた…
今まで通り あの子のそばに 居てやれるのか
オレは 大丈夫だよ

あの子が 笑いながら 泣くんだよ
そんな哀しい 真似はさせたく ないからね
私は 市民の 安全を守るのが 義務だが
砂月君の ためなら
その 守るべき命を 奪うことくらい 平気なんだよ
じゃ 行ってくるわ
あと お願いね
…母ちゃん
その…… ごめん オレ…

謝るなら
父さんに謝りなさい
もう若くないのにしぼり取られたんだから
あ
気にせんでいいぞ――
砂月
ごめん…
……
いいな母ちゃんは…
父ちゃんみたいな相手がいて…
オレなんか……
砂月
私がかんたんに
父さんとうまくいったと思うの
え

あんた 自分が 女の子だったら よかったなんて
甘ったれたこと考えてんじゃないでしょうね
ぎく
私だって 父さんに 申し込む時 不安でたまらなかったわ
女だろうと 男だろうと 関係ないのよ
好きな相手が 自分を 受け入れてくれるかどうか なんて 当人じゃあるまいし わかるわけないでしょ
誰だって そうよ
普通の人 だってね
不安になるのは 皆 同じなの
だったら「好き」という 自分の気持ちを
信じるしか ないでしょう？

そうやって 勇気 ふりしぼって
行動しなきゃ
相手の気持ち なんて いつまでも わからないままよ
母ちゃん……
榊くんが 東都に 居るわ
例の彼と 一緒みたい
榊さんが!?
ふわ
どうして…
砂月が変身 できないままじゃ 困るから
えっ…
それなら いっそ あんたの迷いの原因を ——と思ったのかもね
まさか—— 口封じ…!? 榊さん
!!
どうするかは あんたが決めなさい

君を守ってあげるよ
違うんだ榊さん
あの人がオレに何かしたわけじゃない
オレが勝手に思い込んでただけなんだ
父ちゃん!!
オレも出かけてくる!!
たたっ
そうだよ ちゃんと聞いて
確かめたわけじゃない
きっかけは母ちゃんだったかもしれないけど
——今はどうなの、って
今はオレ自身を好きでいてくれるのかどうかって
座間さん
……!!
東都新聞

ガー
はっ
はぁ
え、えーと
えーと
誰に聞けば……
砂月？
なんでここに居るんだ？
はっ
!!
座間さん!!
良かったあ——!!
無事だったんだ
も——オレ
心配しちゃったよ
榊さんが来たって聞いて…
——座間さん？

お前今まで
ずっとあんなことして
変身してたんだな…
な…んでそのこと…
あの男に全部聞いた
榊さんが!?どうして……!!
だって これ以上秘密を知ったら――って…
ここじゃ話もできないな
来い
会議室

俺と逢ってた間もお前は
「座間さん」怒ってるんだ……
他の男の精を受けて
きれいになってたわけだ
そ、そうだよな やっぱ…
誰だって不安なの
でも…でもちゃんと言わなきゃ……
がんばれ オレ! 当たって砕けろだ!!
…それなのに
あの、あのね…
その お前にまぬけにも見惚れてた自分が
まったく腹立たしいよ!!
びくう
うわーん 当たる前に砕けそうだよ 母ちゃん～
砂月
!?
ぐいっ

ぎゅ
嫉妬で気がふれそうだった もう二度と他の男で変身なんかさせたくない
お前が好きなんだ
え
全部知ってもまだ
オレが好きって言ってくれるの
お前が触れる男は
俺だけにしてくれないか

座間さん…
あの ひとつ 聞いていい?
座間さんは…… どっちのオレが好きなの
ああ…
両方だけど どっちかってーと そのままの砂月、かな
本当に好きに なったのは 今のお前だから
母ちゃんの…
天使の影 じゃなくて オレ自身を…
よかった …嬉しい
オレも 座間さん 大好き
そう思ったら 他の人じゃ できなくなった
もう… 座間さんでなきゃ 変身したくないんだ

砂月…
でも
でもね そうしたら 座間さん、普通の生活 できなくなるよ？
仕事も制限 されちゃうし
特に オレは 面倒なこと …多いし
自由も… 減ると思うよ
それでも…
信じるしか ないでしょ 「好き」って気持ちを
それでも いいなら
オレの パートナーに なって欲しい
オレと 一緒の人生を 歩いて欲しいんだ

くす
…なんだ
俺の方から 求愛《プロポーズ》しようと 思ってたのに
ああ ——もちろん OKだ
大丈夫 砂月にも きっと 運命の相手が 見つかるから
座間さん……
見つけた

オレの
運命の相手
愛してる もう どっか 行くなよ
うん
俺は この手を 離さないから
うん
うん
浮気 すんなよ?
う…
……バカ

居るなんて思わなかった
「好き」って抱きしめたら
砂月…お前を俺が
誰よりもきれいに変身させてやるよ
——んっあ…
同じように「好き」って抱きしめ返してくれる相手……
座…間さ…っ
あっ…ああっ

な…に
はっ
はぁ
なんだろ…初めてだ
こんな…感覚
——溶けちゃうみたいな
快感
くっ…
…砂月
お、まえ…
——すご…い、な
こ…んな
座間さ…っ
んっ…
あっ
パポー
パーポ

ゴオオオオ
このまま延焼が拡がったら大災害になるぞ!!
シャアアァ
榊くん やばいわ …じき 変身が解けそうなの
何ですって!? すぐ 撤退して下さい
そんなこと!! この状態で放り出すわけには…
しかし美月さん!
あ… 待って!
この感じ……
砂月…!!
砂月が来たわ!! 榊くん!!
——砂月君…!?

なんて輝きだ…!!
スッ
ポツ
ポツ
ポツ
ザァァ
…雨!?
ザァァ
雨だ……!!

天候まで
操るなんて
こんな力《パワー》
今まで
誰も……
ザァァァ
ああ
助かった!!
よかった!
これで炎が…
ザァァァ
一族に産まれた
ただ一人の男の子
あの子は
本当に
特別な存在
なのかもしれないわ…
その後も
降り続いた雨は
豪雨となり
これによって
床上浸水の被害は
三千軒に及び…
まったく!
あんたって子は
――!!
力もコントロール
できないくせに!!

だから言ったでしょ!!成人するまでは
直接吸収の行為はしちゃダメって!!
ムコ殿は黙ってて!!
…ごめんなさい
しゅーん…
←正座させられている。
いえ、それは
その……俺が つい…
はいっすみませんっ
びくっ
ん?
ム、ムコ殿?
あの…
あら だって砂月のダンナなんでしょ、君
うちは 同居が条件ですからね
とっとと引っ越して来てね
あの
えっ
ホラホラ2人共!!
2階の部屋片づけてきなさい!!
しっしっ
はいっ
そそくさ
こっち…

パタン
…あの男も
美月さんには逆らえないか
まさか
私としてはあの男を始末できる口実が欲しかっただけです
榊くん
あなたこうなることわかってて
彼に全部を話したんでしょ
……まぁ、砂月君が笑ってくれていれば…それでいいですよ
――……
あーあバカ息子
もったいないことしたわね――
こんなイイ男
…それはどうも
そっかー
俺、ムコ殿なのか――

そーすると砂月が俺の奥さんか――？
婚姻できるのかなぁ……
男の子だろ？
んしょ
何だよオレじゃ不満!?
言ったろちゃんと！オレ、特殊だから面倒かかるって!!
それでもいいってOKしてくれたのは座間さんじゃん!!
…
…
そうだけど
ポリポリ
実際、不満なんだからこれはきっちり言わせてもらわねーとな
え…
伴侶なんだろ？――これからは
下の名前で呼べよ

――……
えと
…陽介？
くす
砂月
俺の…
砂月《デザート・ムーン》――
やっと捕まえた
そう、ようやく見つけた
オレの運命の相手
The END

俺の
かわいい恋人は
ん……
ちゅくん…
男の精液で
変身する
正義の
スーパーヒーロー
（美少年）
ムコ殿・座間陽介の苦悩と受難
もちろん それは
驚愕の事実
だったが
今では すっかり
当然の日常
ドクン
うっ
ふ…っ

シュン…
ごめんねー
このところ出動続きで
毎日 オレ陽介からしぼり取っちゃって
バカ
気にすんなよ
行っといで気をつけて
ちゅ
うん♡
砂月の家に同居してから2ケ月
飯はうまいし(美月さんは料理上手だ)家事も楽だし
トン
トン
いつも 砂月のそばに居られるのだから

何の不満も ないはず――
ふぅ…
なんだ けど……
チャ
あら 陽介くん お疲れさま お茶淹れようか？
あ、すみません
ところで
榊くんから 聞いたけど こないだ 要請があってから
2分57秒で 砂月を出動 させたんですって？
ぶほっ
すごいわ！ 3分かからない なんて あなた とっても 早漏なのね
ウルトラマンより 早いじゃない♥
ごほっ
ごほっ
みっ 美月さ…

一族のムコとしては とっても優秀よ♡
良いムコの第一条件は早漏と絶倫だもの♡
にっこり
ごほ
いや！俺はどっちも普通ですよ!!
相手が砂月だからです!!
ごほ
普段はあんなかわいい素振りのあいつが
俺のをくわえてるってだけでたまんないのに
そのうえ…
あいつ、めちゃくちゃフェラ上手じゃないですか!!
保ちませんって!!
だん!
そうよかった♡
あの子にテクニック仕込んだ甲斐があったわー
…よく考えれば
はぁ
さいですか

当人の
実の母親と
こんな赤裸々に
下ネタをかわし
てるというのも
赤面もの
なんだが……
しょーがないよ
だって ウチ
普通じゃないし
人類のモラルは
あてはまらないって
母ちゃん
言ってた
大変なウチに
嫁いできたな
俺……
?
それよかさぁ…
陽介♡
きゅ♡
お仕事
終わったん
なら
オレ、今日
一緒に寝ていい?
ぎく

あ…
えーと、その
ポロ…
俺、疲れてるから一人でゆっくり寝たいんだけど…
……
ぎょっ
さ、砂月っ
あのな別に俺は
おろおろ
ガタン
そうなんだ?
やっぱそうなんだ!?
オレが毎日陽介からしぼり取ってるから
疲れてできないんだ〜
わぁん
はぁ!?

だって一緒に住んでいるのに ちっともHしてないなんて変!!
ふつー 恋人がそばに居ればそーいう気分になるもんだろ!?
ぱさ
しかも オレ達は公認なのに!!
公認じゃないだろ!?
美月さんに 成人するまで直接吸収はしちゃいけないって言われたじゃないか!!
お前が 力をコントロールできるようになるまでダメだって
だから お許しが出るまで我慢してんだろ!?
ほえ…

俺が
疲れてる
——って？
ああ 確かに
毎日毎日
砂月に しぼり
取られてるけど
本当は まだ
それでも足りない
くらいなんだ
お前が そばに
寄るたび
もっと触れたくて
全部欲しいさ
もっと深く
繋がって
俺の全部を
やりたいと思ってる
陽介…
だから あんまり
刺激するよーな
マネはしないで…
陽介!!
がばっ
し、しないで
くれって
言うのに……

ありがと オレ がんばる
早く力を コントロール できるよーに する
ああ
早く大人に なってくれ
うん
……だったら
オレ、尚更 いっぱい経験して 慣れた方がいいと 思わない…?
え?
コントロール するって 言ったって
練習しなきゃ 上達もしないよ そう思わない?
さ、砂月…?
ふーっ
母ちゃんには 黙ってれば わかんないよ
――だから、しよ?

小賢しいこと
言うくせに
全部
くれるんでしょ?
欲しいよ
オレ
その瞳は
真摯で
……
だから、
教えて?
……陽介が
大人にしてよ
きゅ…
オレも
全部あげる

砂月
ああ もう
そんな かわいい殺し文句
ぎゅう
どこで覚えてきたんだ
参ったよ
撃沈だ
ギシッ…
——ん…
あっ…

まだ 変身も してないのに
すごく 綺麗だな
砂月
あはは
目、曇ってん じゃない
そうだな 曇ってると 思う
クスクス
バーカ
言ったな
この☆
きゅ.
あっ
ちゅ
——感じる？
はっ
はぁ
きゅ
んっ…あ、
はぁっ
あっあ…
陽…
う、ん…
ちゅ…

陽介も…
オレ まだ何にもしてないのに
…こんなになってる
お前に触ってるとこうなんの
いいからも、ちょっと足開いて
今日は俺がイカせてやるよ
あっ
ンッ…
んんっ
——は、あんっ
あっあっ…

あんっ
ふっ……
…
――ひゃっ
ぬる…
…痛くないよな？
ん…平、気……
くちゅ
ぐち
あ…もっ…
も、ちょっと……奥、が
はっ
あ、そこっ…
はっ
陽…介
…オレ…オレね
初めてだった
男は
気持ちよくしてイカせるだけの対象だったから
体のどこをどうすればいいかって知ってたけど……

…自分も こんな風に 気持ちよく なるなんて
……知らな かった……
一緒に、だよ お互いに 気持ちよく なるんだ
…うん …もぉ 来てよ…
ああ じゃ、力抜いて ？

あっ
あっ
はっ
はっ
あっ
ああっ
んッ
あッ
はぁッ
すご…
も、お…ッ
はっ
はあっ
ま…た
あの感じ…ッ
溶け…そっ
きゅ
うう
陽…ッ
は
砂…月ッ

んっ
あっああッ――!!
あ……
はっ
砂…月
ふわ…
…大好き
陽介だけだよ

まったく!!
あんたたちときたら——!!
何考えてるの!? 一体!!
なぁ
黙ってればわからないって?
朝までには元に戻ると思ったんだよぉー
ひそ
ひそ
動かぬ証拠
ふる ふる
まあまあ美月
落ち着いて
すみません俺が悪かったんです
責任は取りますから
もう取っているのでは?
陽介のせいじゃないよ!
オレが迫ったんだ!!
ホント あきれて物も言えないわ
ふぅ…

あんたたちって…バカ？
は？
信っじられない!!
今までしてなかったなんて
私はね、直接吸収で変身した能力を使っちゃダメと言ったのであって
SEX自体をしちゃダメなんて言ってないわよ？
ボンッ
そりゃ砂月はまだ高校生ですからね
節度は守ってもらうにしても
恋人同士が婚前交渉の2回や3回
当然と思ってたわ バカ正直なムコ殿ね
——はい、コレお使いなさいな
超うすうす
プゼントよ
てれ

ピキ!
コ…
コンドーム…
まあ、そのうち慣れるさ陽介くん
これは私からの差し入れだ
がんばれよ
お義父さん…
にこ
にこ
ぽん
はっ
赤マムシドリンク!?
ふる…
ふる…
超
だーから…実のご両親とこういう会話はいたたまれないっていうのに……
よかったねぇ~
これで ホントに公認じゃん?
にこ
にこ
しかし無邪気に喜ぶ砂月がかわいいから
慣れよう…それしかない
The END

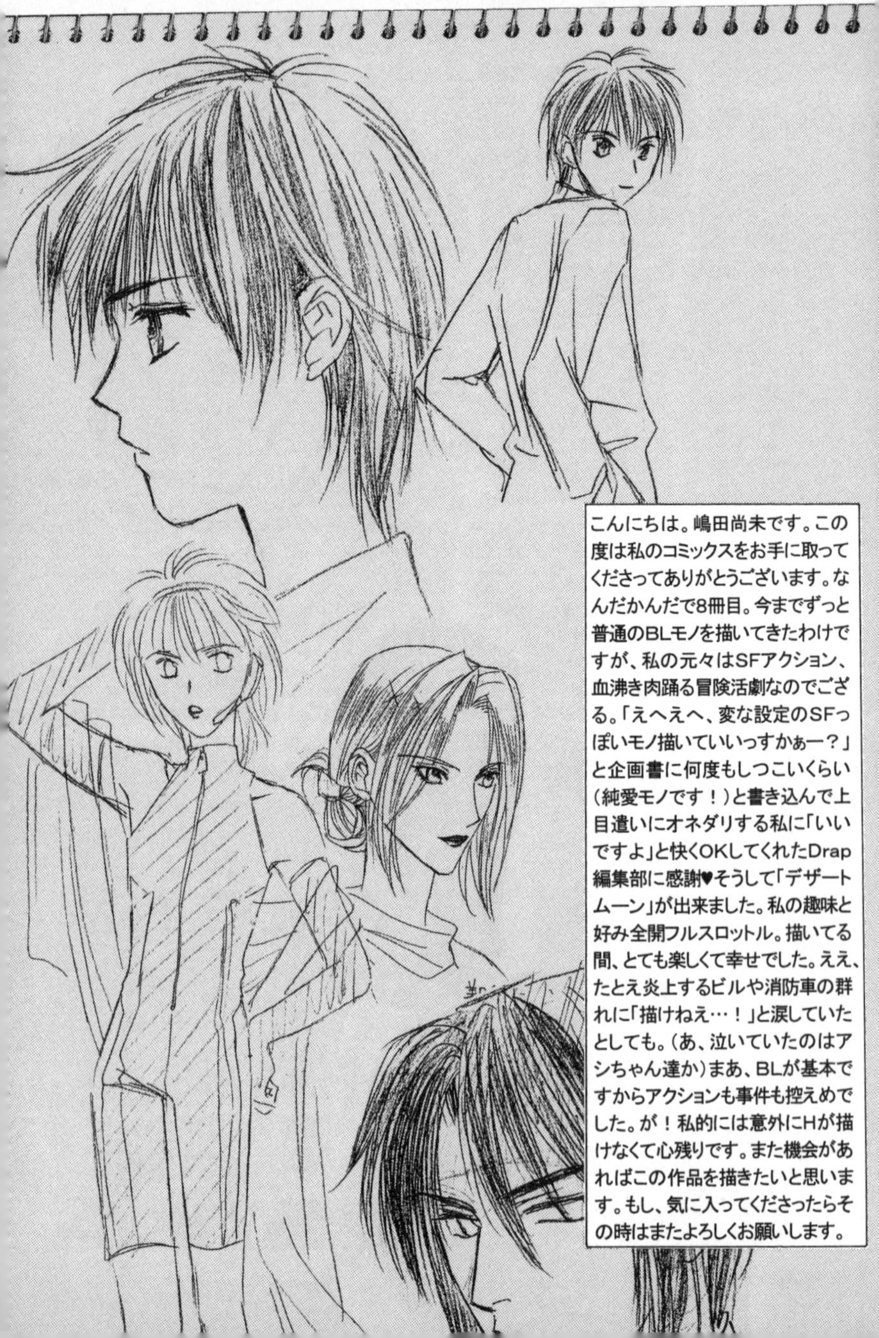

こんにちは。嶋田尚未です。この度は私のコミックスをお手に取ってくださってありがとうございます。なんだかんだで8冊目。今までずっと普通のBLモノを描いてきたわけですが、私の元々はSFアクション、血沸き肉踊る冒険活劇なのでござる。「えへえへ、変な設定のSFっぽいモノ描いていいっすかぁー？」と企画書に何度もしつこいくらい（純愛モノです！）と書き込んで上目遣いにオネダリする私に「いいですよ」と快くOKしてくれたDrap編集部に感謝♥そうして「デザートムーン」が出来ました。私の趣味と好み全開フルスロットル。描いてる間、とても楽しくて幸せでした。ええ、たとえ炎上するビルや消防車の群れに「描けねえ…！」と涙していたとしても。（あ、泣いていたのはアシちゃん達か）まあ、BLが基本ですからアクションも事件も控えめでした。が！私的には意外にHが描けなくて心残りです。また機会があればこの作品を描きたいと思います。もし、気に入ってくださったらその時はまたよろしくお願いします。

DESERT MOON